S. F. Schletter

Der Wiederkauf, ein ländliches Lustspiel mit Gesang in drei Aufzügen

S. F. Schletter

Der Wiederkauf, ein ländliches Lustspiel mit Gesang in drei Aufzügen

ISBN/EAN: 9783743671942

Hergestellt in Europa, USA, Kanada, Australien, Japan

Cover: Foto ©Andreas Hilbeck / pixelio.de

Weitere Bücher finden Sie auf **www.hansebooks.com**

Der Wiederkauf,

ein ländliches Lustspiel

mit Gesang

in drei Aufzügen

von

S. F. Schletter.

Die Musik ist von Hrn. Franz Danzy.

Mannheim,
bei C. F. Schwan, kuhrfürstl. Hofbuchhändler.
1780.

Personen:

Herr Seidenberg, Major unter den Husaren.

Mad. Seidenberg, seine Gemahlin.

Michel, Lehnrichter.

Käthe, seine Frau.

Mariechen, ihre Tochter.

Peter, Mariechens Bräutigam.

Striegel, Verwalter.

Ein Quartiermeister.

Husaren.

Bediente.

Erster Akt.

(Eine reinlich aufgepuzte Bauerstube, mit einer Kammer.)

Erster Auftritt.

Michel. Käthe.

Michel. (Kommt jähnend aus der Kammer, Käthe folgt.

Höre nur Mutter, ich bin ein guter Mann, aber spaßen laß ich nicht mit mir. Du hast mich heute aus dem Schlafe gestört, und da weißt du wohl was drauf folgt.

Käthe.

Liebes Väterchen, sey doch heute einmal gut. Ich dachte, heute könnt ich dich wohl wecken. Wir haben noch so viel auf die Hochzeit zu veranstalten, und was bey solchen Gelegenheiten der Wirth nicht anstellt, ist nur halb angestellt.

Michel.

Der Wiederkauf.

Michel.

Hochzeit? Was schwazt sie da von Hochzeit? Ich habe noch nicht ausgeschlafen, und da kann keine Hochzeit seyn. — Und wer will denn Hochzeit machen?

Käthe.

Wie du fragst! — Unser Mariechen.

Michel.

Mit wem will das Mädchen Hochzeit machen?

Käthe.

Je mit wem denn sonst, als mit ihrem Peter.

Michel.

Ihr Peter ist nicht mein Peter. — Kurz, daraus wird nichts.

Käthe (erschrocken.)

Daraus wird nichts? und warum nicht?

Michel.

Weil mirs nicht beliebt!

Käthe.

Der Wiederkauf.

Käthe.
Aber lieber Vater

Michel.
Aber liebe Mutter! — Daß ihr Weiber
doch immer was zu raisonniren habt. Das
Mädchen muß einen bessern Mann bekommen, als den Bauernkerl.

Mein Tochtermann, wahrhaftig nein,
Das muß kein dummer Bauer seyn!
Wie könnt ers, wenn ich stürbe wagen
Die Last des Richteramts zu tragen?
Und der Gesetze Lauf verstehn?
Wie wollt er wenn Soldaten kämen,
Wenn Schoß und Steuern einzunehmen,
Die Sachen richtig übersehn?

Käthe.
O das wird Peter schon lernen. Er ist so
dumm nicht.

Michel.
Wie ihr Weiber das versteht.

Der Wiederkauf.

Mein Tochtermann, zum Henker, nein
Das kann kein dummer Bauer seyn.
Das Amt autoritäsch zu führen,
Die Bauern rechtlich zu regieren,
Dazu gehört kein dummer Kopf.
Versieht ers im geringsten Dinge,
Und achtet dieses Amt geringe,
O wehe dann dem armen Tropf.

Mein Tochtermann, wahrhaftig nein,
Das darf kein dummer Bauer seyn!

Und damit ist das Lied zu Ende!

Käthe.

Sieh nur wie du bist, Vater! Da unsere älteste Tochter den Feldwebel heyrathete —

Michel.

Kömmst du wieder mit deiner alten Leyer? Frau, du weißt doch, daß ich von dem Weibe nichts hören will? Warum nahm sie den Gerichtsschreiber nicht?

Käthe.

Der Wiederkauf.

Käthe.
Ja, um des Amtmanns Maitresse zu werden.

Michel.
Kikelkakel! — Und, wenn auch! so hätt' sie doch ihr gut Auskommen. — Aber nun — nun kann sie dem Herrn Gemahl den Tornister nachtragen, und wenn er erschossen wird, betteln gehn. Zu mir soll sie nicht kommen, oder der Teufel —

Käthe (hält ihm den Mund zu.)
O fluche nicht Vater! — Es war ja sonst deine liebe Tochter —

Michel.
Aber jetzt nicht mehr! — das Mädchen hat mir einen Putz gespielt, den ich ihr zeitlebens nicht vergebe. Ach! (mit dem Fuße stampfend) Ich wär aus aller Noth, und könnte täglich ein halb Schöppchen mehr machen.

Käthe.

Der Wiederkauf.

Käthe.
Laß es gut seyn, Vater! Das Aergerniß ist uns alten Leuten schädlich.

Michel.
Alten Leuten? — Seht doch! Bin ich dem Weibe schon nicht mehr jung genug? Daß doch die alten Weiber noch so gern junge Pritschmeister haben. Uns alten Leuten, denkt doch!

Käthe.
Ich dächte, wenn man 60 Jahr alt wäre —

Michel.
Wer ist 60 Jahr? Ich? — Und wenn ichs wär? Ist das alt?

Käthe.
Alt genug, lieber Vater. — Aber von was andern, — Sage mir nur, warum Mariechen ihren Peter nicht heyrathen soll?

Michel.
Weil sie Herr Striegel nehmen soll.

Käthe

Der Wiederkauf.

Käthe (verwundert.)

Den Verwalter?

Michel.

Den Herrn Verwalter.

Käthe.

Mit deinem Verwalter! Wenn du nur wüßtest —

Michel.

Ich mag nichts wissen.

Käthe.

Ein Mann der dich unglücklich machen wird.

Michel.

Ein Mann der mich glücklich macht.

Käthe.

Mariechen wird ihn nimmermehr nehmen.

Michel.

Wenn sie nicht will, so muß sie!

Käthe.

So ein Saufaus, der ---

Michel.

Michel.

Nichts von Saufaus, oder meine Gedult nimmt ein Ende (Es wird gepocht) Horch! Es pocht Jemand! Sieh zu, wer draußen ist. (Käthe geht hinaus) Das ist ein Teufels Weib! Wenn man ihr nicht immer den Daumen aufs Auge setzt, so ists nicht auszustehen. (Käthe macht die Thüre auf und ein Unterofficier tritt herein.)

Zweyter Auftritt.
Vorige. Ein Quartiermeister.

Michel (bei Seite.)
Was zum Teufel, ein Soldat?

Der Quart.
Seyd ihr der Richter?

Michel.
Hättest du ihm das nicht gleich sagen können, Frau? Da sieht der Herr wie die Weiber

ber sind. (Mit Autorität.) Ja, ich bins! Was will der Herr?

Der Quart.
Ihr bekommt heute Einquartirung.

Käthe.
Einquartirung.

Der Quart.
Ja! das Niemeyerische Dragoner Regiment. Zu Euch wird der Major kommen.

Michel.
Der Major zu mir? Und warum das?

Der Quart. (streicht sich den Bart.)
Weils ihn beliebt. — Haltet also Quartier, Essen und Futter parat. Auch schaft mir ein gut Quartier. --- Ich muß in einer Stunde die Billets haben.

Michel.
Gut, gut! (bei Seite) Nun wird der Teufel wieder los seyn.

Der Wiederkauf.

Der Quart.

Was raisonirt ihr da?

Michel.

O nichts! — Daß mirs eine große Freude seyn wird, den Herrn Major bei mir zu sehn. (bei Seite) Daß er beim Teufel wäre. — (laut) Sonst noch was?

Der Quart.

Nichts mehr, als euch zur Nachricht sagen, daß der Major ein Teufel ist, und ich — noch nie so durstig gewesen bin.

Michel (bei Seite)

Kommts da heraus?

Der Quart.

Kann auch nicht anders seyn.

Nie schien mit wärmern Blicken
Die Sonn herab auf mich.
Es regt auch zum Erquicken,
Kein kühles Lüftchen sich.
Wem wollte da nicht dürsten?

Michel.

Der Wiederkauf.

Michel.
Nun geh er nur ins Wirthshaus. Da ist Rath dafür!

Der Quart.
Nun lacht mir im Quartire
Die angenehmste Ruh.
Nun sprech ich gutem Biere,
Mich zu erquicken zu.
Aufs Wohlseyn meines Fürsten!

(geht, kehrt gleich um) Noch eins! — Ist das Bier gut?

Michel (bei Seite.)
Nur zu gut für dich Saufaus! — (laut) O sehr gut! — Geh er nur, ich komme gleich nach!

Der Quart.
So will ich indessen eins auf seine Gesundheit trinken, Herr Richter. (geht ab.)

Michel.
O bemüh er sich nicht.

Dritter Auftritt.

Michel. Käthe.

Michel.

Das wird wieder recht bunt über Ecke gehn. Der Major ein Teufel — die Gemeinen Höllenbrände! — Schaff Geld Frau! — Du siehst, ich brauchs. Du hast doch noch Vorrath?

Käthe.

Noch was weniges. (Sie giebt ihm Geld) Da, Väterchen ---

Michel (bei Seite.)

Das Weib muß den Drachen haben.

Käthe.

Nun laß aber auch Mariechen —

Michel.

Fleißig spinnen, Mutter, daß ihr die Hochzeitgedanken vergehn.

Käthe.

Der Wiederkauf.

Käthe.
Peter ist so ein guter arbeitsamer Pursche --
Michel.
Herr Striegel ist ein gelehrter Mann.
Käthe.
Du machst das Mädchen unglücklich.
Michel.
Narrenspossen! Ein Mann mit Gelde macht kein Mädchen unglücklich.

Käthe (etwas böse.)
So ein alter einäugigter Kerl ---

Michel.
Da siehst du Frau, daß du nicht ein Quentchen Verstand im Kopfe hast. — Alt ist er, aber desto besser. — Sa hat das Mädchen Hoffnung bald Wittwe zu werden. Und wenn er das blinde Auge mit Louisdoren beleget, kann er damit so gut charmieren, als mit dem andern. Kurz, Frau! sags dem Mäd-

Mädchen, daß sie keine Fikeltäten macht. — Besorg indeß das Quartier für den Major. (kneipt sie in die Backen) Vielleicht ist unter des Majors Leuten was für deinen Schnabel. Die Herren haltens immer gern mit der Wirthin; zumal wenn sie so hübsch jung ist, wie du. Ha, ha, ha! (geht ab.)

Vierter Auftritt.

Käthe allein.

Ich arme unglückliche Mutter! — So soll ich auch dieses Kind, das mir noch allein übrig ist, unglücklich sehen, und vielleicht unglücklicher noch als ihre älteste Schwester?

Zwei Töchter gab der Himmel mir,
Ganz meiner Liebe werth.
Der muntern Jugend frohe Zier
Von Mann und Greiß geehrt.
Zufrieden hofft mein mattes Herz
Sich gütlich einst zu thun;

Der Wiederkauf.

Bei froher Enkel sanften Scherz,
In ihrem Arm zu ruhn.

Du süße Hoffnung bist dahin,
Dahin ist alle Lust,
Dich rissen Lieb und Eigensinn,
Aus einer Mutter Brust!
(Sie setzt sich und weint) Ich unglückliche Mutter!

Fünfter Auftritt.
Mariechen. Käthe.

Mariechen.
Was fehlt euch denn, liebe Mutter? der Vater hat euch wohl wieder recht geplagt.

Käthe.
Ach nicht doch! Er hatte nur nicht recht ausgeschlafen.

Mariechen.
Wie kann er auch, wenn er die halbe Nacht durch trinkt?

Käthe.

Käthe.

Er muß sich doch auf seine alten Tage was zu gute thun.

Mariechen.

Ja, aber die Leute reden hernach so garstig von ihm, und das kränkt mich, — Gestern noch fragte mich der alte Verwalter: was mein Vater der Saufaus machte? — O das hat mich geärgert.

Käthe.

Und der gottlose Mann verführt ihn doch, und giebt ihm das Geld dazu. Ach, der bringt uns noch um Haab und Guth!

Mariechen.

Hernach fieng er auch an auf Petern zu schimpfen: aber da kam er vollends bei mir an. Denn nicht wahr Mutter, Peter ist ein rechter guter Junge?

Käthe.

Wenn nur der Vater nicht so rebellisch auf ihn wäre.

Der Wiederkauf.

Mariechen.

Das hab ich auch schon gemerkt. Und warum benn?

Käthe.

Weil er dich dem Verwalter versprochen hat. Du weißt, daß der Vater ihm sehr viel schuldig ist, und da —

Mariechen.

Und deswegen sollt ich den häßlichen Mann nehmen?

Käthe.

Wenn du dich überwinden könntest —

Mariechen.

Nein, liebe Mutter, nein, das kann ich nicht.

Soll mein Herze sich
Jemals noch verbinden,
Sey mein Mann, wie ich
Zärtlich im Empfinden.

Der Wiederkauf.

Munter und voll Kraft
Wenn die Arbeit winket.
Ohne Leidenschaft
Wenn er spielt und trinket.

Peter ist wie hier
Dieses Herz ihn fodert,
Und für dem in mir
Aechte Liebe lodert.
Braun von Angesicht
Roth von Mund und Wangen
Stark, wenn Trieb und Pflicht,
Seine Kraft verlangen.

Was er thut, gelingt,
Ohne Sorg und Kummer;
Keine Arbeit bringt
Ihn in trägen Schlummer.
Sanft und voll von Lust
Legt er spät sich nieder,
Mit gestärkter Brust
Weckt der Tag ihn wieder.

Käthe.

Der Wiederkauf.

Käthe.

Aber liebes Kind, wenn du mich lieb hast ---

Mariechen.

Herzlich lieb, liebe Mutter. — Aber auch ihr habt mich lieb, und werdet mich nicht so ins Unglück stürzen wollen. Und es wird auch schon anders werden. Habt nur Geduld.

Käthe.

Ach, liebes Kind! Wenn du nur dem Vater folgtest, und von deinen Peter liessest.

Mariechen.

Hahaha! Wie ihr redt, Mutter! Als wenn man sich nicht heyrathen müßte, wenn man sich einmal liebt -- Doch stille! -- Ich glaube da kömmt er. (Sie sieht an die Thüre) Ja, ja er ists!

Sechster Auftritt.
Peter. Vorige.

Peter.
Guten Morgen, Mutter! Guten Morgen, Mariechen!

Mariechen.
Guten Morgen, Peterchen, guten Morgen! Wo kommst du denn so spät her? Bist bey einem andern Mädchen gewesen?

Peter.
O wer dich liebt, kann zu keinem andern Mädchen gehn. Wie ich aber beym Wirthshause vorbey gieng, so rufte mich dein Vater an, der mit dem Verwalter und mit dem fremden Unterofficier eins wider den bösen Nebel machte.

Mariechen.
Nun da werden sie sich wieder selbst benebeln.

Käthe.

Käthe.

Heute will sichs wohl nicht anders thun lassen.

Mariechen.

Du hast also wohl auch mit genebelt? Du, daß du mir nicht so ein Saufaus wirst, wie der Verwalter!

Peter.

Der Vater brachte mirs zu, und dem konnt ichs doch nicht abschlagen. Er war überhaupt recht aufgerdumt, und hieß mich einmal übers andere seinen lieben Schwiegersohn.

Mariechen.

Ja, das sollst du auch werden. — Und weißt du was neues? — Wir werden recht vornehme Hochzeitgäste haben.

Peter.

Je wem denn?

Mariechen.

Offiziere.

Peter.

Der Wiederkauf.

Peter.

Offiziere? Hm! Des Wirths grauer Haare wegen kommen die auch selten in ein Haus; es muß entweder eine hübsche Frau oder Tochter drinnen seyn. — Ich weiß solche Exempel mehr.

Einst kam ein junger Offizier
In eines Bauern Haus.
Um Milch zu trinken, gab er für,
Kam er aufs Land hinaus.

Die Mutter sah ihn herzlich gern,
Die Tochter auch empfand
Viel Liebe für den jungen Herrn,
Denn er war sehr galant.

Dem Herrchen stand das Mädchen an,
Er pfifs ihr süße vor
Mein Kind ich werde noch dein Mann,
Bin ich nur erst Major.

Und so vergieng kein Tag, daß er
Ihr nicht Geschenke gab.

Dieß

Der Wiederkauf.

Dieß machte sie stets williger
Sie schlug ihm nichts mehr ab.

Sechs Monat gieng er aus und ein,
Da war die Liebe matt.
Im siebenten saß sie allein,
Denn nun war er sie satt.

Das Mädchen weint, der Vater flucht,
Die Mutter war gerührt
Der Offizier ward aufgesucht,
Allein, er war marschirt!

Mariechen.
Bengel, du denkst doch wohl nicht. —

Peter.
Ich denke daß eine Warnung nicht schaden kann.

Mariechen.
Du redst und redst, und weißt nicht was du schwatzest. Müssen wir denn nicht unsre Einquartirung zur Hochzeit bitten.

Peter.

Der Wiederkauf.

Peter.
Je, wir können ja die Hochzeit ein paar Tage aufschieben.

Käthe.
Du guter Peter! Der Vater hat sie schon aufgeschoben.

Peter.
Wie so, Mutter! wie so?

Mar. (bei Seite zu Käthe.)
Ach liebe Mutter, sagts ihm doch nicht. Er kränkt sich nur. (laut) Nein, nein, lieber Peter, du und kein anderer —

Peter.
Und warum denn aufgeschoben, Mutter?

Käthe.
Ja, da will er den Verwalter —

Mariechen.
Ey der Vater mag immer wollen —

Peter.

Peter.

Pfuy! Mariechen! Wer wird so ohne Respect von seinem Vater reden. Wenn der Vater nicht will ––

Käthe.

So könnt ihr auch nicht wieder den Strohm schwimmen. –– (Etwas heimlich zu Peter, indem sie ihn auf die Seite zieht.) Folge mir, lieber Peter, und sieh dich nach einem andern Mädchen um. Es ist ja immer besser, du nimmst ein Mädchen mit der Aeltern Willen und mit ihrem Segen, als Mariechen wider des Vaters Willen, und mit seinem Fluche. Er würde euch gewiß in eure Ehe folgen. Ueberleg es nur vernünftig, mein Sohn –– (laut) Jetzt muß ich gehn, und die Stube zurecht machen. Komm bald nach, Mariechen. (ab.)

28 Der Wiederkauf.

Siebenter Auftritt.
Mariechen. Peter.

Mariechen.

Wenn der Vater nicht will! Wenn der Vater nicht will! — Geh, du Falscher! — Ist das der Dank, daß ich dich so herzlich geliebt habe? Es wird dir keinen Segen bringen.

Da mir dein Mund die Treue schwur,
So hört' es diese stille Flur;
Nun sieht sie dein Verbrechen,
Und wird den Meineid rächen.
Kein Frühling wird mehr über dich
Auf ihr den süßen Reiz verbreiten
Und keine bunte Wiese sich,
Für dich mit Blumen kleiden.
Der Nachtigallen muntres Chor
Wird, wo du gehst, verstummen;
Der Mond, sein Silberlicht im Flor
Der Finsterniß vermummen.

Peter.

Der Wiederkauf.

Peter.
Aber, liebes Mädchen, höre mich nur —
Mariechen.
Ich mag aber nichts hören.
Peter.
Höre doch nur erst, was ich sagen will —
Mariechen.
Eine neue Lüge, nicht wahr?
Peter.
Nicht doch. Ich sagte nur so, die Mutter zu beruhigen, und mir mit dir einen Spaß zu machen.
Mariechen.
Mit mir einen Spaß zu machen? Die Mutter zu beruhigen? Wers doch glaubte! Nein, nein, ich bin so einfältig nicht. Du hast mich nicht mehr lieb.
Peter.
Wunderliches Mädchen. Ich liebe dich noch so sehr als jemals. Aber hin und her über=

überlegt, ist es ja wohl besser, ich thue jetzt als ob ich mich nach deinem Vater richtete, als wenn ich gleich mit der Thüre ins Haus falle. Du weißt wohl, je mehr man dem Vater widerspricht, je hartnäckigter bleibt er auf seinem Kopfe.

Mariechen.

Ist das aber auch wahr, oder willst du mich bey der Nase herum führen?

Peter.

Nein, liebes Kind; warlich nicht!

Mariechen.

Und du liebtest mich im Ernste noch?

Peter.

O von ganzen Herzen!
  Ich liebe dich
  So zärtlich wie du mich.
  Die Sonne kann so rein
  Nicht wie die Liebe seyn

Der Wiederkauf.

Die ich für dich empfinde.
Der schnellste Blitz entzünde
Mein Haus und Hof, thut dir mein Mund
Was falsches Kund,
Wenn er dir schwört:
Mein Herz verehrt
Und liebet dich
So rein, so zärtlich wie du mich.

Mariechen.

Dießmal will ich dir noch glauben. Aber —

Peter.

Zweifle nicht liebes Mädchen.

Mariechen.

Nun so laß uns darauf denken, wie wir den alten Saufaus los werden. Horch es kommt jemand — (Sieht ans Fenster) O der alte Verwalter kömmt geschlichen.

Peter.

Daß er am Galgen gehen müßte.

Mariechen.

Stille nur, ich will ihn so zum Narren haben, daß ihn der Appetit nach mir vergehen soll.

Peter.

Ja das thu. Ich will dir getreulich beystehen.

Achter Auftritt.

Striegel. Vorige.

Striegel.

(Mit einem Pflaster auf einem Auge.)

(Bei Seite.) Aha! Da stehn die Turteltäubchen und girren. (laut) Guten Tag, Kinder!

Peter.

Schön Dank, Herr Verwalter!

Mariechen.

Sey er willkommen! Er will wohl zum Vater?

Vater? Der ist nicht zu Hause. Komm er ein andermal wieder.

Striegel.

Nein, mein schönes Kind; ich komme vielmehr vom Vater, und habe mit dir ein paar Wörtchen (heimlich) so insgeheim, — nur unter vier Augen zu sprechen.

Mariechen.

Nun so laß er sich seines vollends ausstechen, so bleiben ihrer noch viere.

Striegel.

(Bei Seite) Das ist ein Wettermädchen. (laut) Zwar Peter ist ein Mensch der zu schweigen weiß. —

Mariechen.

Und als mein Bräutigam hätt ers doch erfahren.

Striegel.

Aha! (Spöttisch) Darauf hatt' ich mich gar nicht besonnen. — Also die Sache ist diese.

diese. Unsere neue gnädige Herrschaft wird heute hieher kommen. Der Herr Gerichtsverwalter, der sich mit solchen Sachen nicht gern abgiebt — hat mir aufgetragen, Anstalten zu ihrer Einholung zu machen. Da bin ich nun brauf gefallen, daß die Jungfern sich als Bräute putzen, und der gnädigen Frau entgegen ziehen sollen. Und du liebes Mädchen sollst den Zug als Königinn anführen.

Mariechen.
O, da will ich mich recht schön putzen!

Striegel.
Und damit es nicht so kahl aussieht, so sollst du eine Anrede in Versen halten.

Mariechen.
In Versen? Ey das ist hübsch. Ich habe die Verse so lieb.

Peter.
(Schlägt ihn auf die Schulter) So lieb, Herr

Der Wiederkauf.

Herr Verwalter, daß sie manchmal mit mir in Versen spricht.

Striegel (bei Seite.)

Das mögen schöne Verse seyn. (laut) Ey! So laß doch gleich ein Pröbchen deiner Kunst hören!

Mariechen.

Je nu, das könnt ich wohl! (Sinnt nach) He! da hab ich gleich einen gemacht. — Mein Peter ist mein Bräutigam und er — ist ein alter Narre!

Striegel (bei Seite.)

Warte! ich will dein Narr gewiß nicht seyn.

Peter.

Nun, wie gefallen ihm die Verse? He!

Striegel.

Verse waren das so eigentlich nicht; denn sie reimten sich nicht.

36   Der Wiederkauf.

Peter.
Aber sie schickten sich doch. Nicht wahr?

Striegel.
(Brutal zu Peter) Treibt ihr den Spaß nicht zu weit Bursche! (Verliebt zu Mariechen) Aber, mein Herzchen, mußt du nicht gestehen, daß ich dich recht lieb habe, da ich dich vor allen andern heraushebe, um die gnädige Frau zu empfangen? Ich werde mir gewiß Feinde damit machen. Schulmeisters Evchen wird scheel genug dazu sehen —

Mariech. (macht einen tiefen Knix.)
Nun er soll auch rechten schönen Dank haben.

Striegel.
Ach mit deinem kahlen Dank. Ich dächte nun wohl du könntest mir zur Dankbarkeit ein Mäulchen geben. (Er will sie umarmen. Sie hält ihn ab. Peter kriecht unter ihren Arm durch und käßt den Verwalter.)

Marie-

Der Wiederkauf.

Mariechen.
Ha, ha, ha, ha, ha, ha, ha!
(für sich) Wie beschämt steht er da!
(laut) Wohl bekomms ihm, Herr Verwalter.

Peter.
Nun, wie schmeckts, mein guter Alter?

Striegel.
Pfuy! Der Scherz steht mir nicht an.

Mariechen.
Schmecken meines Peters Küße
Nicht so leckerhaft und süße,
Wie der schönste Marcipan?

Striegel.
Giftiger als Otternbisse
Sind des Burschen seine Küße.
Aber wart' du sollst bereun!

Mariechen.
O sie werden ihm behagen,
Besser als der Brandewein!

Striegel.
Wart ich wills dem Vater sagen!
Mariechen.
Ja doch ja, das thu er nur!
Striegel.
Dich soll er zum Teufel jagen.
Peter.
O so folg ich seiner Spur.
Nur voran! (Er packt ihn an und
    will ihn hinauswerfen.)
Striegel.
Ach Mörder! Diebe.
Mar. (hält Petern zurück.)
Lieber Peter, mir zu Liebe,
Laß den alten Gecken gehn!
Striegel (reißt sich los.)
Laß mich, unverschämter Schurke!
Peter.
Was? ein Schurke? Ich ein Schurke?
(Er wirft ihn hinaus.)
                    (Zusam-

Der Wiederkauf.

(Zusammen.)

Striegel.

Wart nur! schrecklich soll dirs gehn!

Peter.

Ey das wollen wir doch sehn!

Mariechen.

Lieber Peter, laß ihn gehn.

(Peter stößt ihn vollends hinaus und zieht Mariechen, die ihn abhalten will, mit sich fort.)

Ende des ersten Akts.

Der Wiederkauf.

Zweyter Aufzug.

Erster Auftritt.
Käthe. Mariechen.

Käthe.
Hast du alles zurecht gemacht?

Mariechen.
Ja Mutter, unsere Gäste können kommen wenn sie wollen.

Käthe.
Mariechen, thu mir ja nicht etwa mit des Majors Leuten zu freundlich. Solche Kerle denken gleich, es ist was an ihnen gelegen.

Mariechen.
O dafür laßt euch nicht bange seyn Mutter. Ich will sie schon Respekt lehren.

Käthe.
Nun, nun, ich trau dir wohl nichts Böses zu; aber eine gute Mutter muß es an guten Ermahnungen nicht fehlen lassen.

Ich

Der Wiederkauf.

Ich ermahne, folge du!
Mir kommt jenes, dir dieß zu,
Beydes wird uns Seegen bringen.
Sieh, wenn eines unterblieb,
O so hätt ich dich nicht lieb,
Und dir würde nichts gelingen.

Mariechen.

Seyd unbesorgt Mutter! — Seit ich Petern kenne sind mir alle Mannspersonen gleichgültig — Aber, Mutter gebt doch nur dem Vater noch einmal ein recht gut Wörtchen, daß er mich Petern heyrathen läßt (Ihr liebkosend) Wollt ihr liebe Mutter?

Käthe.

Ich habs gethan; aber er ist unerbittlich.

Mariechen.

Versuchts nur noch einmal, vielleicht — Stille, da kommt er! — Er sieht recht freundlich aus! — O versuchts nur noch einmal.

Zweyter Auftritt.

Michel. Vorige.

Michel.
(Ein wenig illuminirt, vor sich.)
Närrische Kerls, die Herrn Gelehrten! (Auf den Zettel zeigend, den er in der Hand hat.) Ich verstehe zwar nicht ein Wort davon, aber ich fühls doch, daß es schön seyn muß (Er sieht Käthe und Mar.) Aha! seyd ihr da?

Käthe.
Je was hast du denn da, daß so schön ist?

Michel.
Die Rede, die ich heute an den gnädgen Herrn halten soll, wenn er kömmt.

Käthe.
Ey laß doch hören!

Michel.
Was soll der Kuh, Muscatennuß!

Käthe.

Der Wiederkauf.

Käthe.
Du böser Mann!

Michel.
Bloß der Rede wegen verdient der Mann daß er mein Schwiegersohn wird.

Mariechen.
Hat euch Peter die Rede gemacht, Vater?

Michel.
Stille jetzt! daß ich memuriren kann. — (Er geht auf und ab, und brummt vor sich aus dem Zettel. Käthe und Mariechen reden heimlich.) Es geht nichts in Kopf, wenn nichts im Magen ist. — Mädchen, lange mir einmal dort die Flasche her!

Mariechen.
Wollt ihr nicht erst ein paar Bissen essen, Vater?

Michel.
Die Flasche sag ich. (Mariech. langt sie.)

Käthe.

Der Wiederkauf.

Käthe.

Gesunder wäre dirs wohl, Vater, wenn —

Michel.

Wenn du dein Maul hieltest. (Mariechen giebt ihm die Flasche und ein Glas. Er schenkt sich ein) Daß ihr Weiber doch immer was zu raisonniren habt. (Er trinkt.)

O Weiber! Weiber! Ja ihr seyd
Doch nicht den Teufel werth,
Schon tausendmal hat michs gereut,
Daß ich ein Weib begehrt.
(Er trinkt.)

Ich trinke eins um froh zu seyn,
Bey Kummer und bey Noth.
Da fällt es meinem Weibe ein
Als söff ich mich zu todt.
(Er trinkt.)

Doch Euch zum Trotze trink ich jetzt
Und lach' euch alle aus.
Und werfe, die sich widersetzt
Zum Hause, stracks hinaus.
(Er trinkt.)
(Käthe.

Der Wiederkauf.

(Käthe und Mariechen stehn betrübt.)
Und damit ihrs nur wißt; aus der Hochzeit mit Petern wird nichts.

Mariechen.
Heute nicht, Vater, aber Morgen!

Michel.
Weder heute noch Morgen, weder Morgen noch Uebermorgen. Kurz: ganz und gar nichts.

Mariechen.
Da wäre ja alles umsonst, was wir angeschaft haben.

Michel.
Wie du das verstehst! Hochzeit soll wohl werden, aber nicht mit Petern: wir wollen schmaußen und lustig seyn, aber nur nicht mit Petern; du sollst auch — doch Punctum jetzt. Hört zu, ich will meine Rede vollends auslesen.

Ich des Dorfes Richter ich —
(Es pocht Jemand.)

Marie-

Mariechen.

Immer herein!

Michel.

Du kannst den Teufel und seine Großmutter herein kommen heißen. — Jetzt kann ich Niemanden Audienz geben. Geh, sag es!

Mariechen.

(Sieht zur Thür hinaus und sagt) Der Vater kann jetzt Niemanden Audienz geben. (Schmeißt die Thüre zu.)

Michel.

Wer war da?

Mariechen.

Je der Verwalter!

Michel (springt hastig auf.)

Mädchen! Ich will dich Ehrfurcht gegen den Mann lehren! (läuft vor die Thüre.) Herr Verwalter! Herr Verwalter! — Komm er doch herein.

Käthe.

Der Wiederkauf.

Käthe.

Mariechen, thu ja nicht albern.

Dritter Auftritt.

Striegel. Vorige.

Michel (bringt Striegel hereingeführt.)
Nehm ers ja nicht übel, daß ihn das dumme Ding abwieß. — Aber warte, warte!

Striegel.

Stille, Vater Michel, stille! Wißt ihr nicht, was sich neckt, das liebet sich.

Michel.

Wie er doch so alles zum Besten wenden kann. (leise zu Striegel) Nun er soll und muß auch mein Schwiegersohn werden.

Striegel (tritt ihr etwas näher.)
Du wirst ja von Tage zu Tage schöner, mein Kind!

Marie

Mariechen.
Kann er das ohne Brille erkennen?

(Käthe zupft sie.)

Striegel. (bei Seite.)
Verflucht schnippisch! (laut) Wirst du nicht bald heyrathen?

Mariechen.
Lieber heute, als Morgen.

Michel.
Mädchen rede nicht so rebellisch!

Striegel.
Hast du dir schon einen Bräutigam ausgesucht?

Mariechen.
O ja!

Käthe.
Liebes Mariechen —

Striegel.
Darf ichs denn nicht auch wissen, wer es ist?

Marie-

Der Wiederkauf.

Mariechen.
O ja! Es ist Peter.

Michel.
Ich will dich bepetern!

Striegel.
Petern? — So so! (lachend) Hahaha! Peter.

Mariechen.
Ja, ja, Peter! — Worüber lacht er denn? — Petern und keinen andern!
(Michel droht ihr und Käthe bittet.

Striegel.
Es ist dein Spaß. Ich trau dir einen bessern Geschmack zu. Petern! — Nein, das wollen die Musen nicht!

Häßlich, unbeglückt,
Ungeschliffen, ungeschickt,
Zärtlich nicht, und nicht gelehrt,
O wie wär

D   So

50 Der Wiederkauf.

So ein niedrer Mann wie er
Jemals deiner Liebe werth!

Michel.

Ja da hat er recht. Der Kerl ist so dumm, so dumm ---

Mariechen.

Schon gelehrt, geschickt
Ist er, wenn sein Mund entzückt
(zärtlich) Mir die Liebe lehrt.
O wie wär
Jemals mehr ein Mann wie Er
Meiner ganzen Liebe werth!

Michel.

Was das Mensch plappert!

Striegel.

So ein Mann wie ich ---

Mariechen.

Ist doch nie ein Mann für mich ---

Beyde.

Der Wiederkauf.

Beyde.

Striegl.) Wär doch werth geliebt zu) \
  Mar.) Würde nie mein Glücke) seyn.

Striegel.

Herz und Hand —

Mariechen.

Ist schon Peters Unterpfand —

Beyde.

Striegl.) Will ich dir mit Freuden) \
  Mar.) Kann ich keinem andern) weyhn.

Michel.

Kurz, Mädchen — hier ist dein Bräutigam. Auf den Abend muß Verlobung seyn. Und das rath ich dir, mache kein Gesperre.

Mariechen.

Aber lieber Vater, ihr hatt' ja Petern —

Michel.

Schweig mir mit deinem Peter. — Der Herr Verwalter wird dir ja lieber —

Der Wiederkauf.

Mariechen.

Kurz: Peter muß mein Mann werden. Peter ist mir lieber als 10 solche versoffene Verwalter. (läuft eiligst ab.)

Michel (äußerst aufgebracht.)

Mädchen, bist du des Teufels? --- In meiner Gegenwart einem solchen Mann so etwas unter die Augen zu sagen? — Siehst du Frau, das ist deine Zucht — Den Augenblick geh und mache, daß das Mädchen sich ändert, oder ich dreh euch beyden den Hals herum!

Käthe.
(Geht weinend und niedergeschlagen ab.)

Ich unglückliche Mutter!

Vierter

Der Wiederkauf.

Vierter Auftritt.

Michel. Striegel.

Michel.

Warte du Range, warte, ich will dir das Mäulchen stopfen!

Striegel.

Beruhigt euch, Vater Michel, beruhigt euch!

Michel.

Ich will selber hingehen, und sie herholen.
(will ab.)

Striegel.

Bleibt nur hier. — Ich muß euch gestehen, daß mir das Heyrathen ganz vergangen ist --

Michel.

Und ich will in meinem Leben keinen Tropfen Brandwein mehr getrunken haben, wenn ich sie nicht in einer halben Viertelstunde (durch Schläge pantomimisch anzeigend) so verliebt in ihm machen will, als in Peter nimmermehr. (Will ab.)

Striegel.

Hört mich erst — Ich muß euch sagen, daß ich nicht die geringste Lust zum Heyrathen mehr habe, nachdem, was ich von eurer Tochter und Petern gesehen. Denn ich traf sie heute beyde auf eine Art an —

Michel.

Er traf sie an? — Er macht, daß mir alle Haare gen Berge stehen! — Wie traf er sie an?

Striegel.

Wie man die jungen Herren antrifft, wenn sie wissen, daß die Hochzeit bald vor der Thüre ist.

Michel.

Das wär vom Teufel! — Aber nein, Herr, nein — so was hat mein Mädchen nicht gethan. — Red' er deutlicher, Hr. Verwalter, wie traf er sie an?

Strie=

Der Wiederkauf.

Striegel.

Je nun. Sie stånden beyde hier und schnäbelten sich. Und da ich —

Michel.

Schnäbelten sich? — Schnäbelten sich? — Hm! das ist ja nun wohl kein so großes Verbrechen. — Doch ja, ja! das Mädchen soll sich mit keinem andern schnäbeln als mit ihm. Laß ers gut seyn, ich will sie den Augenblick so beschnäbeln, daß er seine Freude sehen soll.

(Will ab.)

Striegel.

Bleibt! — Zu was kann das alles helfen! — Sie will mich nicht, und ich mag sie nicht. Schaft mir mein Geld, oder räumt mir das Gut. Ihr wißt, wie unser Wiederkauf lautet. Die Zeit ist schon seit 2 Monate um. Ich habe immer noch nachgesehen. Aber nun nicht eine Stunde länger. Kurz: entweder das Geld, oder ——

Michel.

Der Wiederkauf.

Michel.

Oder das Mädchen! --- Ich versteh ihn,
lieber Herr Verwalter. Eh eine Viertelstunde ins Land geht, soll sie die Seinige seyn.

Und wär, wie Eisen hart, ihr Sinn,
So zeig ich, daß ich Vater bin.
Sie soll und muß gehorchen!

Striegel.

Ihr wißt, ich bin ein reicher Mann,
Der, was ihr wünscht, euch geben kann,
Ich kann nicht länger borgen.

Michel.

Ich sage nur ein einzigs Wort,
Hier Mädchen steht dein Mann -- Sofort
Wird sie sich auch bequemen.

Striegel.

Ich fodre nur, was mir gehört,
Und habe nie Profit begehrt
Gewiß ihr sollt euch schämen.

Michel.

Michel.
Und kann ein Mädchen schöner seyn?
Man möchte sie gleich küßen.

Striegel.
Ihr wißt das Geld ist selbst nicht mein,
Ich kanns nicht länger missen.

Michel.
Denn geb ich ihr mein Schulzengut.
Man kanns nicht schöner mahlen.

Striegel.
Verstellt euch nur; es ist schon gut,
Ihr sollt mich wohl bezahlen.

Beyde.
Striegel.
Zum letztenmale sag ichs euch!

Michel.
Gut, gut, ich hole sie so gleich!
(Michel läuft ab.)

Der Wiederkauf.

Fünfter Auftritt.

Striegel allein.

Fort war er! — der alte Fuchs that als verstünde er mich nicht. — Aber du sollst mich schon kennen lernen! — Doch halt! — Nicht zu rasch alter Striegel. — Du hast kein gut Gewissen! — Besser ist besser! — (Er nimmt ein Papier heraus) Ich habe ihm vorgeschossen die vier Jahre durch 800 fl. — dafür habe ich den Wiederkauf von 1500 fl. in Händen. — Freylich habe ich den Vorschuß nicht von meinem Gelde gethan, sondern auf Ordre unsers gnädigen Herrn. — Hernach noch 300. fl. dafür habe ich angeschrieben 800 fl. (Er sieht in die Rechnung) Richtig! Richtig! — Könnte also bey der Sache meine reine 1200 fl. gewinnen, — und hätte noch oben drein eine hübsche Frau. (Er steckt das Papier ein und läßt es daneben fallen. Mariechen kömmt und hebt es auf.) Aber wenn mir

mir jemand hinter die Schliche käme? ⎯⎯ Herr Striegel, wie denn? — Ach wer kann das? — Wenn aber? -⎯- Ach ein kluger Kopf zieht sich aus jeder Schlinge. Und hab ich das Mädchen, dann komme es, wie es komme. Ich bin geborgen.

Sechster Auftritt.

Mariechen. Striegel.

Mariechen (bei Seite.)

Warte du alter Spitzbube, stehn die Sachen so? -- (laut) Nun, da bin ich! Was soll ich denn?

Striegel.

Mich glücklich machen, mein Täubchen.

Mariechen (verschämt.)

Wenn ich das könnte!

Striegel.

Freylich kannst du es, mein Zuckerpüpchen! --- Durch ein einziges Wörtchen kannst du es — mich und deinen Vater! —

Mariechen.

Nun, wie denn?

Striegel.

Du weißt, daß mir dein Vater schuldig ist.

Mariechen.

Das wissen wir leider mehr als zu wohl.

Striegel.

Besser mir als einem andern.

Mariechen.

O er brauchte weder ihm noch einem andern etwas schuldig zu seyn. Und der Vater würde auch Niemanden schuldig seyn, wenn er nicht durch ihn zum Saufen verführt würde.

Striegel.

Durch mich? — Ey, ey! da thust du mir zu viel. Trinken — ja trinken thu ich mit ihm. Aber nur zur Stärkung. Ein bloßer Labetrunk. Und den bedienen sich selbst die Götter.

Apollo

Der Wiederkauf.

Apollo trinkt die ganze Nacht.
Wie könnt er sonst in goldner Pracht,
Am frühen Morgen prangen.
Sein Beyspiel ist Ermunterung
Für meinen Geist, in jedem Trunk
Mehr Spannkraft zu erlangen.

Mariechen.

Je laß er den Saufaus so viel trinken, als er will. Was braucht sich denn der Vater und er darnach zu richten.

Striegel (bei Seite.)

Du liebe Einfalt. Hahaha! (laut) Das alles jetzt bei Seite gesetzt. --- Du sollst mir also deines Vaters Schuld bezahlen.

Mariechen.

O wenn das in meinem Vermögen stünde.

Striegel.

Freylich! freylich! Du darfst dich nur entschließen meine Frau zu werden. Denn mit Petern möchte es wohl so nichts seyn.

Ich

Ich fürchte, ich fürchte, er hat mehr Lust Soldat als dein Mann zu werden.

Mariechen.

Soldat? Je nun, wenn ihm der Unteroffizier nur ein recht gut Handgeld giebt, so bezahlen wir dem Vater seine Schuld, und dann —

Striegel.

Hahaha! Da würdest du nicht viel bezahlen. — Und was wolltest du hernach anfangen? — Mit ihm zugleich dem Kalbfelle folgen?

Mariechen.

Und warum nicht? Meine Schwester hats ja auch so gemacht.

Striegel.

Du stellst dir die Sache leichter vor! Aber du würdest bald für Kummer deines Lebens satt seyn. Im Felde mußt du auf Stroh, oft unter freyem Himmel, bey mir hingegen kannst

Der Wiederkauf.

kannst du in weichen Bettchen schlafen. Dort wirst du bei Kommisbrod und Wasser deine Schönheit bald verlieren, da du bei mir dich mit Braten und Wein laben, und alle Tage schöner werden wirst. Dort wirst du in schlechter Kleidung einhergehen und deine sieben Sächelchen selbst tragen müssen, da du bei mir in Sammet und Seide gekleidet gehen und spaziren fahren kannst. Siehst du, mein Täubchen, das ist ein verfluchter Unterschied.

Mariechen.

Das ließe sich nun wohl hören. Freylich bin ich ihm von ganzem Herzen gram, aber, wenn er mir verspricht — —

Striegel.

Was? Was soll ich versprechen? Alles, alles mein Geld, Püppchen verspreche ich dir. (bei Seite) Ohne das geringste zu halten!

Marie-

Der Wiederkauf.

Mariechen.

Also erstlich — Ah! da kommt Peter, der kann gleich Zeuge seyn.

Siebenter Auftritt.
Peter. Vorige.

Peter.

(Im hereintretten für sich.) Hm! so vertraut!

Striegel (bei Seite.)

Der verteufelte Kerl! Just zur ungelegnen Zeit.

Mariechen.

(Sieht daß Peter stuzt für sich.) Eifersüchtig Pursche? Warte! (laut) Du kömmst eben recht, um bei meiner Versprechung mit dem Herrn Verwalter Zeuge zu seyn.

Peter.

Du dich verlobt? Mit dem da?

Striegel.

Ja, mit mir!

Peter.

Der Wiederkauf.

Peter.
Falsches ungetreues Mädchen!

Mariechen.
Ohne böse zu werden, liebes Peterchen, höre mich nur —

Peter (aufgebracht.)
O! ich mag weder von dir, noch von einem andern Mädchen etwas mehr wissen.

Striegel.
Rede mit mehr Respekt mit meiner Braut.

Peter.
Blitz Herr, ist das Mädchen seine Braut?

Mariechen.
Nur nicht gleich so obenaus und nirgends an. Höre mich doch erst. Du weißt daß der Vater schlechterdings darauf besteht, daß ich den Verwalter heyrathen soll. Nun hat Herr Striegel versprochen, alles zu thun, was ich von ihm verlangen werde: und da hab' ich

ich mich also aus Liebe zu dir mit ihm versprochen.

Peter.

Aus Liebe zu mir?

Mariechen.

Ja. Denn damit ich dir recht gefallen kann, so soll er mir lauter schöne Hauben, Bänder, Spitzen, und rechte vornehme Kleider schaffen. — Verspricht er mir das, Herr Verwalter?

Striegel.

Ja mein Kind! (bei Seite) Seh mir einmal ein Mensch die Frechheit an!

Peter.

O du bist in deinem rothen Mieder schön genug für mich!

Mariechen.

Hernach muß er mir Kutsch und Pferde halten, daß ich spaziren fahren kann. Da werd ich denn zu dir gefahren kommen, und dich mit zum Jahrmarkt in die Stadt nehmen

Der Wiederkauf.

men. — Verspricht er mir das Herr Verwalter?

Striegel.

Freylich! freylich! (bei Seite). Immer schöner.

Peter.

O du kannst in meiner Kalesche auch fahren.

Mariechen.

Und mein Männchen das wird hübsch zu Hause bleiben, und Anstalt machen, damit wir was zu Essen finden, wenn wir nach Hause kommen. — Verspricht er mir das, Herr Verwalter?

Striegel.

Ganz gewiß. (bei Seite) Aber ich werde dir den Teufel halten.

Mariechen.

Und wenn du zu mir kömmst — und das wirst du doch wohl alle Tage thun, — so werd ich dich mit Wein und Braten traktiren. —

Peter.

Der Wiederkauf.

Peter.
Und dein Mann?

Mariechen.
Der wird indessen aufs Feld gehen, und seine Wirthschaft bestellen, damit er uns nicht stört. — Verspricht er mir das, Herr Verwalter?

Striegel (bei Seite.)
O das ist nicht auszustehn!

Mariechen.
Und wenn er nicht gleich geht, so werd ich ihn schon fortschicken. — Liebes Männchen werd ich sagen, geh einmal ein wenig hinaus. Ich habe da mit dem guten Freund ein paar Wörtchen zu reden! — (Sie faßt Striegeln beim Arme und führt ihn nach der Thüre) So bald ich fertig bin, will ich dich wieder rufen. (Sie führt ihn vollends hinaus, und macht die Thüre nach ihm zu. Peter steht ganz verklüft da.)

Achter

Der Wiederkauf.

Achter Auftritt.

Mariechen. Peter.

Peter.

Mädchen, sage mir, was ich von dem allen denken soll? —

Mariechen.

Daß ich den Verwalter fürn Narren halte, daß ich dich lieb habe, daß du mein Mann werden sollst, und daß ich dich, wenn du wieder eifersüchtig werden wirst, eben so hinausführen werde. Siehst du, das sollst du denken.

Peter.

Liebes Mädchen! — Ich weiß nicht, was ich für Freuden anfangen soll. — Die ganze Versprechung war also nur Scherz? —

Mariechen.

Nichts als Scherz. Das hättest du gleich merken sollen. — Aber hüte dich ja künftig.

Der Wiederkauf.

Entfernt von Eifersucht sey,
Dein Herz, rein, zärtlich und treu
Und mir zum Glücke gebohren.

Peter.
Ja nie, nie opfert dieß Herz,
Mit finsterm nagenden Schmerz,
Dem Götzen liebender Thoren.

Mariechen.
Mit freud'gem Lächeln erblickt
Mein Auge denn deines entzückt
Mich glücklich durch Liebe zu wissen.

Peter.
Wann mich ein Kummer belauscht,
Werd' ich, von Liebe berauscht,
Den schwersten Kummer versüßen.

Beyde.
So wird unsre Lebenszeit
In Lieb und sanfter Zärtlichkeit
Dem Neide zum Trotze verfließen.

Der Wiederkauf.

Mariechen.

Ja das wird, das soll sie uns. Aber sage mir nur, wie wir den alten Saufaus ganz los werden? So lang ihn der Vater nicht bezahlen kann, so lange wird er auch darauf bestehen, daß ich ihn nehmen soll.

Peter.

Und nunmehr wird ihn der alte Spitzbube vollends aufhetzen. — Wenn ich das Geld aufbringen könnte, so bezahlte ich den Schurken, und so wär alles gut. Aber so — mit den lumpichten 100 fl. die ich mir gesammelt habe, kann ich nichts ausrichten. — Doch ja, ich kann viel damit ausrichten.

Mariechen.

Und was denn?

Peter.

Es kommt auf dich an.

Mariechen.

Auf mich?

Peter.

Der Wiederkauf.

Peter.

Ja, ganz allein auf dich.

Mariechen.

Nun, so laß doch einmal hören.

Peter.

Versprichst du einzuwilligen?

Mariechen.

Ja alles, lieber Peter.

Peter.

Gieb mir die Hand.

Mariechen.

Hier hast du sie (Sie reicht sie ihm. Er küßt sie.) Nun, nun, das gehört nicht mit zu meinem Versprechen. Was ists also?

Peter.

Ich nehme die 100 fl. und gehe damit zum Major, der zu euch ins Quartier kommt, und kaufe mir damit eine Kapitulation und den Trauschein.

Der Wiederkauf.

Mariechen.

Also wolltest du Soldat werden?

Peter.

Ja! Aber versteh mich recht. Nur auf einige Zeit.

Mariechen.

Nein Peter, darein willige ich nicht. Da würde der Vater mir so gram werden, als meiner Schwester.

Peter.

Das ist er jetzt schon, weil du mich heyrathen willst.

Mariechen.

Und da bekäm ich dich doch nicht. Du giengst davon, und liessest mich sitzen.

Peter.

Auf mein Wort nicht. Darum laß ich mir den Trauschein geben, und nehme dich mit.

Mariechen.

Ja, aber die Soldaten Weiber sollen es so schlimme haben.

Peter.

Der Wiederkauf.

Peter.

Ich will dirs schon gut gehn lassen.

    Nimmt Peter, voll vom tapfern Muth
Montur und Degen an,
Und wagt fürs Vaterland sein Blut
Recht, wie ein Biedermann:

    So folgst du ihm voll Muth ins Feld,
Und trotzest der Gefahr,
Und fragst nicht lange, wems gefällt,
Und wirst wie ich Husar.

    Ein Hut mit einer Tresse strotzt
Am Haupt, stolz in die Höh,
Die weisse Feder rund um trotzt
Dem allerreinsten Schnee.

    Ein seidnes Band nachläßig fliegt
Um deine Schultern her,
So wehet wenn der Feind erliegt,
Die Siegesfahn im Heer.

    Dein Rößchen braust mit Ungestüm
Durchs Feld im vollen Trab,

Der Wiederkauf.

Die rege Freude lacht aus ihm,
Und nie wirft es dich ab.

Die blonde Locke wallt voll Lust
Gefesselt durch ein Band.
Ein Tollmann ziert die volle Brust,
Ein Handschu deine Hand.

Den leichten Fuß umgiebt und ziert
Ein gelber Safflan,
Der blanke Sporn von Silber klirrt
Und spornt dein Rößchen an.

Ein Pelz mit goldnen Trotteln schmückt
Den jungen-schlanken Leib,
Und lächelnd sieht, von Lieb entzückt,
Dein Peter auf sein Weib.

Mariechen. (traurig.)
Ach Peter! —

Peter.
Nun, wenn du es zufrieden bist —

Mariechen.
Ja, ich bin es.

Peter.

Der Wiederkauf.

Peter.

Heysa! nun will ich den alten Verwalter auslachen.

Mariechen.

Aber der Vater —

Peter.

O der wird doch auch wieder gut zu machen seyn. — Wenn nur der Major schon da wäre! —

Mariechen.

Stille! hörst du! Jetzt kommen sie geritten! die Husaren. — Bin ich doch so erschrocken, — daß mir das Herz im Leibe zittert.

Neunter Auftritt.

Der Major. Der Quartiermeister. Husaren. Bediente. Vorige.

Major.

Heyda! Wo ist der Wirth vom Hause?

Quart.

Der Wiederkauf.

Quart.

Hier ist seine Tochter, Herr Obristwachtmeister.

Major.

Ah! Grüß dich Gott mein schönes Kind.

Mariechen.

Seyn sie uns willkommen, gnädiger Herr.

Major.

Nun, ihr habt doch eine Stube für mich?

Mariechen.

Wie mans auf dem Lande hat. Sie werden vorlieb nehmen müssen.

Major.

Wenn sie so hübsch wie die Jungfer Wirthin vom Hause ist —

Mariechen.

O Herr Major, sie spaßen.

Major.

Nein, nein im Ernste. — Aber laß doch meinen Leuten das Quartier anweisen.

Marie-

Der Wiederkauf.

Mariechen.

Gleich Herr Major. (will gehen.)

Major (zu Peter.)

Du weißts ja wohl auch mein Sohn? Geh du mit.

Peter.

Nur mit nachgefolgt. (Peter, der Quartiermeister, Husaren, Bediente ab.)

Zehnter Auftritt.

Major. Mariechen. Hernach Peter.

Major.

Ist das dein Bruder, mein Kind?

Mariechen (lächelnd.)

Hehehe! — Nein, gnädiger Herr!

Major.

Haha! Ich versteh! Dein Liebster.

Mariechen.

Je nun ja. — Es ist ja nichts Böses. — Warum soll ich es Ihnen nicht gestehen? Es
ist

Der Wiederkauf.

ist mein Bräutigam, und wir sollten morgen getraut werden.

Major.

Das ist ja recht schön. Da komme ich ja gar zu einer Hochzeit.

Mariechen.

Es würde uns eine große Freude seyn, aber —

Major.

Nun, sprich fort ---

Mariechen.

Aber der Vater hat sich nun anders besonnen, und will es nicht haben, daß wir einander heyrathen sollen.

(Peter kömmt.)

Major.

So? Und was hat denn dein Vater einzuwenden? Ist er ihm nicht reich genug? Es scheint ja ein rechter braver Bursche zu seyn.

Marie=

Mariechen.
Das ist er auch, fleißig und wirthschaftlich, und hat ein recht hübsch Gütchen im Dorfe.
Major.
Was bewegt also deinen Vater dazu?
Mariechen.
Ja das will ich Ihnen wohl sagen, wenn Sie mirs nur nicht übel nehmen wollen. — Denn ich weiß wohl, daß es sich nicht schickt, wenn man von seinen Aeltern spricht. — Sehen Sie nur, der Krieg hat den Vater viel gekostet, und da hat er bei unserm Verwalter Geld geborgt. Nun kanns ihm der Vater nicht wieder geben, und da hat er mich ihm zur Frau versprochen, und will auch nicht davon abgehen, wir mögen ihn bitten wie wir wollen.
Peter.
Sie allein Herr Major, könnten der Sache auf einmal abhelfen.
Major.

Der Wiederkauf.

Major.

Ich! und wie so?

Peter.

Wenn ich bei Ihnen Dienste nähme, und Sie gäben mir eine Kapitulation und den Trauschein.

Major.

Ein seltsamer Entschluß! — Und du wärst das zufrieden liebes Mädchen?

Mariechen (schamhaft.)

Je nun, wenn er mein Mann würde —

Major.

Weißt du auch was du thun willst? — Ueberleg es wohl, mein Sohn! der Soldatenstand ist ein beschwerlicher und gefährlicher Stand. Du bist keinen Augenblick für dem Tode sicher.

Peter.

O Herr Major, an Mariechens Seite fürchte ich mich nicht für dem Tod. Und ohne

sie

sie habe ich ja auch nichts anders zu erwarten. Denn ich werde doch für Gram sterben.

Major.

Also wolltest du dich entschließen?

Peter.

Mit Vergnügen — Und den Trauschein?

Major.

Bekommst du heute noch, und die Ordre an den Feldprediger dich zu trauen.

Mariechen und Peter.

(*Küssen beide dem Major die Hände.*)

O wie sollen wir es Ihnen genug verdanken.

Major (*küßt Mariechen.*)

Das soll mein Dank seyn. — Du bist doch nicht eifersüchtig, Peter?

Peter.

Ach, gnädiger Herr! ---

Mariechen.

Ich werde es der gnädigen Frau sagen. --

Aber

Der Wiederkauf.

Aber wir werden doch auch morgen getraut? — Wahrhaftig, sonst desertiren wir.

Major.

Ganz gewiß.

Mariechen.

O, wie wird sich der alte Verwalter ärgern!

Major (seitwärts.)

Wenn der Bösewicht mich erst wird kennen lernen. (zu Petern) Jetzt mein Sohn gehe, und rufe mir den Quartiermeister, und bring ihn auf meine Stube.

(Peter geht ab.)

Mariechen.

Stille, ich höre den Vater kommen. — (sie sieht an ein Fenster) Ach, Herr Major, nehmen Sie es doch ja nicht ungütig, er wird ein Räuschchen haben.

Eilfter

Der Wiederkauf.

Eilfter Auftritt.
Michel. Käthe. Major. Mariechen.

Michel (betrunken.)
Hey da! — Mädchen! — Wo ist — der Herr — Major?

Mariechen.
Hier, lieber Vater!

Michel.
Nehmen — Ach — seyn Sie schöne willkommen.

Major.
Willkommen, lieber Vater — willkommen Mutter.

Käthe.
Nehmen Sies ja nicht übel, Herr Major.

Michel.
Uebel? — Ach der Herr Major — nimmt nichts übel — gar nichts. — Die Zeit ist Ihnen — doch nicht lang — geworden? (Mariechen nimmt

Der Wiederkauf.

nimmt Käthe beiseite und erzählt ihr von ihrer Schwester und auch von Petern.)

Major.

O nein! Mariechen hat sie mir sehr angenehm verplaudert. Sie ist ein feines Mädchen.

Michel.

Hahaha! — Das kann sie! — Eine rechte Plaudertasche! — Hahaha! — Gefällt sie Ihnen? Je nun — ganz zu verwerfen ist sie nicht. — Ich hab' ihr auch einen rechten wackern Mann ausgesucht. — Sie hatte zwar einen andern auf dem Korne. — Aber damit ist nichts.

Major.

Sie hat mir ihn gezeigt. Es ist ein feiner Pursche. Warum, lieber Vater, wollt ihr ihm eure Tochter nicht geben?

Michel.

Warum? — warum? — Je nun — sehn Sie nur — weil — weil ich nicht will.

Major.

Major.

O, mein lieber Richter, wenn ich Euch nun ein recht gut Wörtchen gebe, wenn ich Euch recht schöne bitte; nicht wahr, dann thut Ihr mir den Gefallen, und willigt in Mariechens Verbindung mit Petern?

Mariechen.

Ach ja, Vater, das thut Ihr. Seht nur wie wir Euch bitten.

Käthe.

O ja, Vater, thut es immer.

Michel.

Bleibt mir — drey Schritte vom Leibe -- ihr Weiber!

Major.

Wenn ich an Eurer Stelle wäre, so würde ich nicht einen Augenblick anstehen. Ich muß sagen, daß mir der Pursche ungemein gefällt.

Michel.

Er gefällt Ihnen? — er gefällt Ihnen? —

Je,

Je, das ist mir ja recht lieb. — Ich bin ihm selber nicht gram. — Und darum will ich auch für ihn sorgen. — Ja — Sie könnten mir einen Gefallen thun — ich habe schon mit dem Unterofficier — ja — da er Sie so gefällt — je nun, so könnten Sie ihn ja — Sie verstehen mich doch?

Käthe.
Pfuy, Vater, wer wird so grausam seyn.

Michel.
Frau! — Haben Sie mich verstanden?

Major.
Recht wohl! — Und zu Euerm Vergnügen muß ich euch sagen, daß er schon Soldat ist, und daß —

Michel.
Daß er Soldate ist? — Hahaha! — Das ist recht! — das ist schön — Hahaha!

Major.
Und daß ich ihn in wenig Stunden mit

Eurer Tochter trauen laſſen will; wenn Ihr ihm Eure Einwilligung noch einen Augenblick verſagt.

Michel.
Wie? wa — wa — was? — Trauen?

Major.
Ja! — Jetzt hab' ich Geſchäfte, in wenigen Stunden erwarte ich euren Entſchluß — (ab)

Michel.
Er — meine Tochter? wahrlich nein! Ich werde wohl kein Bauer ſeyn.

Käthe.
Vater! —

Michel.
Schweig! es kann nicht ſeyn.

Mariechen.
Fühlt ihr nicht des Mitleids Triebe?

Michel.
O! Soldaten Nickel geh!

Mariechen.
Fühlt ihr keine Vaterliebe?

Michel.
Ueber ihn ſchrey ich ach! und weh!

Käthe.

Der Wiederkauf.

Käthe.
Nimmt dich denn kein Bitten ein?

Michel.
Nein, es kann, es soll nicht seyn. (Er geht)

Mariechen.
Welch ein Donnerwort für mich!

Käthe.
Tröste dich, er ändert sich.

Michel.
Nein, es kann, es soll nicht seyn.
(Geht oder stolpert immer weiter.)

Mariechen.
Ach! dies endet mir mein Leben!

Käthe.
Kindchen, nein, es wird sich geben.

Mar.) Wollt Ihr)
Käthe.) Willst du) ewig grausam seyn?

Michel.
Ja das muß, das will ich seyn.
(läuft ab, alle nach.)

Ende des zweiten Akts.

Dritter Aufzug.
Erster Auftritt.

Mariechen allein.
(Mit einer Schürze voll Blumen.)

Nun will ich mich auch zu guterletzt recht putzen! --- Denn wenn man einmal getraut ist, so hat das Putzen auch ein Ende. (Sie setzt sich an einen Tisch, stellt einen Taschenspiegel für sich, und fängt sich an mit den Blumen zu putzen) Hierher ein Blümchen -- da wieder eins --- und so überall herum.

O wie schön,
Wird das stehn!
Sind durch dieses braune Haar
Bunte Blumen Paar für Paar,
Locker hingestreut.
Gleich der Erde, wenn aus ihr,
Sich der Lenz in bunter Zier,
Jährlich froh erneut. ---
Diese Rose soll auf mein Hütchen kommen.
Da

Der Wiederkauf.

Da glänzt nun das Hütchen hin,
Stolz der Blumen Königin,
In der schönsten Pracht.
Gleich dem vollen Blumenbeet
Das vom Thau beperlt sich bläht,
Und voll Reiz uns lacht.
Und dieß Sträuschen an der Brust,
   (Sie bindet einen Strauß.)
Die voll inniglicher Lust
Nur für Petern schlägt,
Sey sanft, wie von Zephyrs Hauch
Leichte Blätter an Baum und Strauch,
Wonnevoll bewegt!
   (Steckt ihn an die Brust.)
Und nun noch ein Sträußchen für meinen lieben Peter. (sie bindet noch einen Strauß.) O wenn er nur schon da wäre! — Ey, wie wird er sich freuen, wenn er mich so geputzt sieht — Da werde ich ihm erst recht gefallen. — Nun war er auch fertig — O wenn er doch nur käme!

Zweyter Auftritt.

Mariechen. Peter, als Soldat.

Peter.

(Hört die letzten Worte, und käßt sie.)
Da bin ich ja schon, liebes Mädchen!

Mariechen (stößt ihn von sich.)

Ey so schäm' er sich doch und laß er mich gehn.

Peter.

Je, Mariechen, kennst du mich nicht mehr?

Mariechen.

Wie bist du es? --- Im Ernste? -- Ha-haha! -- o über den fürchterlichen Soldaten! Hahaha! (Sie geht um ihn herum.)

Peter.

Nun mag der alte Verwalter nur angestochen kommen.

Duetto.

Was will der Herr?
So werd ich dreist ihn fragen.

Der Wiederkauf.

Hat er noch Lust, so kann er mehr
Sich an das Mädchen wagen.

Mariechen.

Doch wird er gleich
Nach unserm Wunsch sich richten?
Der Vater wills. Der Mann ist reich,
Und Geld kann alles schlichten.

Peter.

So will ich ihm
Mit diesem scharfen Degen,
Den Kopf mit wildem Ungestüm,
Für seine Füße legen.

Mariechen.

O schäme dich!
Würd' ich nicht mit dir büßen?
Du würdest dafür sterben — Ich,
Ich meinen Peter missen.

Peter.

So will ich es auch nicht thun. Es wird
sich schon geben. --- Aber was hast du denn
da für einen schönen Strauß?

Marie‑

Der Wiederkauf.

Mariechen.

Er soll für dich, lieber Peter. Damit du dich auch putzen kannst, wenn du der gnädigen Herrschaft entgegen gehst. — Aber denk' auch hübsch dabey an mich.
(Sie steckt ihn den Strauß an den Brustlatz.)

Peter.

O das thu ich so —
 So oft mein Aug' ein Röschen sieht,
 Denkt auch mein Herz bey sich:
 Schön roth, wie dieses Röschen, blüth,
 Mein zärtliches Mädchen für mich!
 Süß, wie des Veilchens Morgengruß,
 Entzückt mein Herz, dein holder Kuß;
 Und lieblich wie Vergißmeinnicht
 Strahl mir dein Auge zu;
 Und jeder Blick von ihm verspricht
 Mir Zärtlichkeit, Treu und Ruh!

Mariechen.

Horch! --- Der Vater steht auf! --- Weißt du was, lieber Peter, rede du noch einmal mit

mit ihm. Vielleicht läßt er sich bewegen, da du nun Soldate bist. — Ich will indessen in meine Kammer gehen und mir noch ein Band holen. — Lebe wohl und mache deine Sachen recht gut.

Dritter Auftritt.
Michel. Peter.

Michel (kommt jähnend hervor.)

Aäh! Da ist niemand zu sehen und zu hören! --- Aber was machts? sie fürchten sich vor mir, wie für den Beelzebub. --- Und freylich wenn mir der Brandewein in den Kopf gestiegen ist — Michel, Michel gewöhne dir das Trinken ab! — es wird sonst ein beschmiert Ende mit dir nehmen! — Wenn ich den Verwalter nur vermeiden könnte -- Aber so bald ich den und das Gläschen sehe, so schwimmt aller guter Vorsatz hinunter — Michel, Michel mit dem Wiederkaufe, da hast du einen rechten dummen Streich gemacht! --

Wenn

Wenn nur das Mädchen sich entschlöße. —
Ich will ihr noch einmal recht freundlich zureden. Dem Mädchen kann ichs freylich nicht verdenken, daß sie Petern lieber will. — Ich habe ihn selbsten lieb; ein guter rüstiger Junge. —

Peter.

O, wenn ihr mich lieb habt, Vater Michel, so gebt mir auch Eure Tochter!

Michel.

Was Popanz ist das! — Wie Peter? — du selbst?

Peter.

Ja, lieber Michel, ich selbst. — Nun wollt ihr denn so gut seyn?

Michel.

Was denn, mein Sohn? Was denn?

Peter.

Mir Eure Tochter geben.

Michel.

Mariechen?

Peter.

Der Wiederkauf.

Peter.

Ja, Vater Michel. — Ihr sagtet ja, daß ihr mich lieb hättet.

Michel.

Das hab' ich wohl gesagt. Aber —

Peter.

Aber Ihr wolltet sie mir doch nicht geben? — Ach! Michel, was hab' ich Euch gethan? — Ihr habt mir es so vielmal versprochen. Wißt ihr nicht, daß ein ehrlicher Mann sein Wort halten muß?

Michel.

Ich würde dir es gehalten haben, wenn ich nicht mit dem Verwalter so tief stäcke.

Peter.

O, mit dem wollen wir schon auseinander kommen.

Michel.

Ja, das denkst du wohl. Aber der Wiederkauf den er in Händen hat —

Peter.

Der Wiederkauf.

Peter.

Einen Wiederkauf sagt ihr? — O, was habt ihr gethan!

Michel.

Freylich lieber Peter, habe ich da einen dummen Streich gemacht — Nun liegt mir der Verwalter beständig in den Ohren: entweder das Geld, oder das Mädchen.

Peter.

O ihr unglücklicher Vater!

Michel.

Ja siehst du, das ist eben der Teufel. — Wenn nur das Mädchen den Verwalter nimmt, so komm ich doch mit Ehren aus der Sache. — Weißt du was Peter, du kannst viel bei ihr ausrichten. Rede dem Mädchen zu, rede ihr recht ins Gewissen, sag ihr, daß es ihre Schuldigkeit wäre, ihren Vater zu retten. — Geh, Peter! — Denn das siehst du ja wohl selber ein, daß ich dir in dem Rocke da meine Tochter nicht geben kann.

Peter.

Der Wiederkauf.

Peter.
Nein Vater, das kann ich nicht thun! —
Michel.
Ja nun lieber Peter, so kann ich dir auch nicht helfen. Zwar will ich noch einmal mit dem Verwalter reden, vielleicht steht er von dem Mädchen ab, und denn ist sie deine Frau.
Peter.
Das thut Vater, und ihr werdet sehen, daß er mehr ums Geld als ums Mädchen freyt. Ich habe also euer Wort?
Michel.
Wenn Herr Striegel absteht; ja.
Peter.
O er soll schon abstehen.

Vierter Auftritt.
Vorige. Käthe.

Käthe.
Peter, du sollst zum Herrn Major kommen.

Peter.

Peter.

Gleich Mutter — Nun Vater ich habe euer Wort gewiß.

Michel.

Gewiß.

Peter.

Nun auf Wiederſehen. (gebt ab.)

Fünfter Auftritt.

Michel. Käthe.

Käthe.

Nun Vater, du biſt ja recht munter.

Michel.

Ja, liebe Mutter, ich habe ausgeſchlafen. Du wirſt wohl auch ein wenig genickt haben?

Käthe.

Wo könnte ich denn am Tage zum ſchlafen kommen? — Wenn ich nur des Nachts meine Ruhe habe.

Michel.

Und die ſtör ich dir immer. Nicht wahr Mut-

Mutter? --- Nun, nun, es soll nicht mehr geschehen. Aber wie kömmts denn daß du so munter ausstehst. --- Wahrhaftig, wie ein Maykätzchen. (sie lächelt.) Sieh nur wie du noch schelmisch aussiehst. (Er küßt sie.) Wahrhaftig man mag wollen oder nicht.

Käthe.

Pfuy Vater, das steht nicht mehr für uns alten Leute.

Michel.

Und doch merk ich daß du es gerne noch einmal haben willst. (Er küßt sie wieder.) Nun so komm her.

Käthe.

Sage mir nur was du so ausgelassen bist?

Michel.

Und sage mir nur warum du so vergnügt bist?

Käthe.

Ich weiß es selber nicht, es ist mir so artig ums Herze.

Michel.

Der Wiederkauf

Michel.

Mir ist selber so. Und wenn mir so bleibt, so verspreche ich dir, daß ich nicht mehr trinken will.

Käthe.

Ach, Vater, wenn du das thätest ich wüßte nicht was ich für Freuden anfienge. — Das, Vater, und noch eins. — Dann würden wir alle beyde glücklich seyn.

Michel.

Nun verlaß dich drauf, Mutter.

Ich will nun nicht mehr trinken,
Du sollst es sehn.
Wenn mir die Gläser winken
Will ich von ihnen gehn.
Und werd ich ja noch trinken
So sollst du bey mir stehn,
Und dann und wann mir winken
So wird, du sollst es sehn
Bey allem meinen Trinken
Doch nie zu viel geschehn.

Käthe.

Käthe.
Nun so thu auch noch das, und gieb Mariechen dein Jawort.

Michel.
Nun davon ein andermal. Da kommt der Verwalter. Ich will erst noch einmal mit Ihm reden.

Käthe.
O so will ich gehn. Ich kann den Mann so nicht vor Augen sehen. (geht ab.)

Sechster Auftritt.
Michel und Striegel.
Michel.
Es ist gut Herr Striegel, daß er kommt. Ich hab' ihm recht viel neues zu erzählen.

Striegel.
So? --- Und ich hab' euch auch eine Neuigkeit zu sagen.

Michel.
Ich weiß gewiß er wird sich freuen.

Striegel.

Striegel.

Freylich wird es euch nicht die angenehmste seyn.

Michel.

Er hat sich ja jederzeit als meinen guten Freund gezeigt.

Striegel.

Ich bin deswegen eben nicht so großmüthig gewesen, daß mich euer Naseweises Mädchen auslachen soll.

Michel.

Ich hoffe nunmehro das Ende meiner Tage in Ruhe zuzubringen.

Striegel.

Hört mich also an, und entschließt euch kurz.

Michel.

Nehm' er also an meiner Freude Theil, und —

Striegel.

Ich sehe, daß ihr mich nicht verstehen wollt.

Michel.

Der Wiederkauf.

Michel.
O ich versteh ihn mehr als zu wohl.

Striegel.
Aber ich frage euch zum letztenmale ob ihr mich anhören, und mir auf meine Fragen antworten wollt?

Michel.
Von Herzen gerne, Herr Verwalter, von Herzen gerne, und wenn er ein Schock Fragen hat. Sey er nur nicht böse.

Striegel.
So sagt mir, ob ihr mir mein Geld bezahlen wollt, oder ob der Wiederkauf —

Michel.
Ich will ihm das Geld gleich holen — Es wird mir so zur Last.

Striegel (bei Seite.)
Wo muß er das Geld hergenommen haben? (laut) Aber wie wird es mit der übrigen Schuld?

Michel.

Der Wiederkauf.

Michel.

Mit der übrigen? — Wie viel wird es denn betragen?

Striegel.

Hier habt ihr die Rechnung! (er giebt ihm die Rechnung.) Ich hätte noch vieles hinzusetzen können, aber ich bin nicht so interessirt. (bei Seite.) Das kann ich nicht begreifen wo er das Geld hernimmt.

Michel.

Achthundert Thaler? — Da muß er sich wohl verrechnet haben. Ich hab' es auch aufgeschrieben; aber so viel dächte ich, wär es nicht.

Striegel.

Am Ende werdet ihr mir es noch läugnen. — Ist das der Dank für meine Güte und Freundschaft?

Michel.

Nun, nun, wir wollen uns deswegen nicht zanken; ich will hingehen und mein Büchel-

Büchelgen holen, und da wollen wir gleich sehen, wer sich geirrt hat.   (ab.)

Siebenter Auftritt.

Striegel.

Geh nur und hole dein Büchelchen. — Ich muß doch recht haben. — Aber er will mir das Geld bezahlen? — Das versteh' ich nicht. — Wo wollt er es hernehmen. — Hm! — Freylich wär ich da um das Mädchen geprellt. — Aber was schadets, wenn ich nur das Geld bekomme. — Ich hätte zwar das Mädchen gerne zur Frau gehabt; und ich werde noch alles anwenden. — Ist es aber nicht — Je nun — Kurz: entweder das Geld oder das Mädchen.

Achter

Der Wiederkauf.

Achter Auftritt.

Striegel. Mariechen. Michel.

Duetto.

Mariechen.
(Die die letzten Worte gehört.)
Weder das Mädchen noch das Geld.

Striegel.
Gleich doch gleich wie dirs gefällt.

Mariechen.
Freylich muß es nach mir gehn.

Striegel.
O das wird wohl nicht geschehn.

Mariechen.
Ja ja ja wie mirs gefällt,
Weder das Mädchen noch das Geld.

Striegel.
Mädchen, sag, was fällt dir ein?
Kannst du wohl so frech noch seyn?

Marie=

Der Wiederkauf.

Mariechen.
Frech oder nicht frech, wies ihm gefällt. Weder das Mädchen noch das Geld.

Striegel.
Naseweises ---

Michel
(kommt und zeigt ihm seine Rechnung.)

Da seh' er selbst her. Ich mag es von forne oder von hinten durchrechnen, die Länge oder die Quere, so bringe ich nicht mehr heraus als 299 Thlr. 8 gr. und der heutige Gulden dazu, das macht --- 16 und 8 ist 24. ist ein Thaler: macht also netto dreyhundert ---

Striegel.
Ihr seyd zweyhundert und neun und neunzigmal ein Narre, und ihr sollt mich schon bezahlen müssen.

(ab.)

Neun-

Neunter Auftritt.

Michel. Mariechen.

Michel
(steht stumm vor Erstaunen da.)

Mariechen.
O über den alten Grobian. Seht ihrs nun Vater, was das für ein böser Mann ist?

Michel.
Ich kann es gar nicht begreifen.

Mariechen.
Und dem Mann wollt ihr mich zur Frau geben? ---

Michel.
Ich muß ihn aber bezahlen. Und wie kann ich das anders, als wenn du ihn heyrathest. Er ist doch mit alledem ein reicher und gelehrter Mann. Du kannst nicht besser fahren.

Mariechen.
Er ist doch kein Peter.

Nicht

Der Wiederkauf.

Nicht Geld, nicht Weisheit rührt mein Herz;
Der Liebe süße Lust
Schwellt mit empfindungsvollen Schmerz
Die jugendliche Brust.

    Mit einem Ritterſitze,
    Reizt mich kein großer Herr.
    Mein Peter macht mit Zärtlichkeit
    Mich glücklicher als er.
    Sein Kuß, gewürzt mit Süßigkeit
    Sein Scherz geschmückt mit Witze.

                                D. C.

Michel.

Liebes Kind, du könnteſt aber deinen Vater glücklich machen.

Mariechen.

O wenn ich meinen Peter heyrathen darf, denn werdet ihr gewiß glücklich ſeyn.

Der Wiederkauf.

Zehnter Auftritt.

Striegel. Vorige.

Striegel (In voller Wuth.)

O ihr Spitzbuben Bande. — Ha! seyd ihr der feine Kerl, der mir den Wiederkauf gestohlen hat?

Duetto.

Michel.

Gestohlen? — Ich gestohlen? — Ich?

Striegel.

Ja! ja! — Gebts nur im guten her.

Michel.

Was? —

Striegel.

O gebts her!

Michel.

Herr kennt er mich?

Striegel.

O ja wohl mehr als zu sehr!

Michel.

Ich bin ein Mann von Eid und Pflicht.

Strie=

Striegel.

Was schiert mich das! — Ihr nahmt mirs ja!

Michel.

Wo?

Striegel.

Hier! —

Michel.

Hier? —

Striegel.

Auf der Stelle da!

Michel.

Gewiß mein Auge sah ihn nicht.

Striegel.

Ja, gebt ihn her! —

(Er will ihn anpacken.)

Michel.

Hülfe! — Mörder! — Hülfe! —

Mariechen.

O so laß er doch den Vater gehn! — Was will er denn?

Striegel.

Ha! Schlange! Haſt du es etwa? — Ja, ja, ich beſinne mich. — Das iſt die Spitzbübin! — Gieb ihn her.

(Packt ſie an.)

Mariechen.

Au weh, mein Arm!

Eilfter Auftritt.
Peter. Vorige.

Peter (ſchleudert ihn weg.)
Will er das Mädchen ungehudelt laſſen.

Striegel.

Ja, ja! Tres faciunt collegium. — Da iſt die ganze Spitzbubenbande beyſammen. — Gebt ihn her. — Denn einer von euch dreyen muß ihn haben.

Michel.

Was denn?

Striegel.

Meinen Wiederkauf.

Der Wiederkauf.

Mariechen.
Ist es etwa der Wisch?

Striegel.
Ja, ja. Das ist er! das ist er! — Hatt' ich nun Unrecht. — Gieb ihn her. — Da habt ihr nun eure liebe Tochter? —

Peter.
Mariechen, was hast du gemacht?

Michel.
Wie Mädchen?

Mariechen.
Je nun, er verlohr es heute hier, und da hob ich es auf, weil ich mir einen Spas mit ihm machen wollte. Ihr dürft euch also keine üble Gedanken von mir machen.

Michel.
Gieb es ihm gleich hin.

Mariechen.
Ja, wenn er mir verspricht, daß er wei-

ter keinen Anspruch auf mich machen will. Sonſt ---
(Sie thut als ob ſie ihn zerreiſſen wollte.)

Striegel.

Ja, ja, das will ich dir ſchriftlich geben. Nur her damit.

Mariechen.

Gut, hier iſt der Wiſch.

Striegel.

O der Wiſch ſoll euch ziemlich naſſe Augen machen. (will ab.)

Zwölfter Auftritt.

Major. Quartiermeiſter. Vorige. Majorin.

Major (im Hereintreten.)

Hier geblieben!

Striegel.

O gnädiger Herr, nehmen Sie ſich vor der Spitzbubenbande in acht!

Major.

Der Wiederkauf.

Major.
Nichtswürdiger! — Quartiermeister, laß er den Kerl nicht aus den Augen. (zur Majorin) Hier, liebes Kind, ist unser Wirth. Nun kannst du deinen Auftrag ausrichten.

Majorin (mit einer Florkappe.)
Gott grüß euch, mein lieber Vater.
(Sie giebt ihm die Hand.)

Michel.
Seyn sie willkommen, gnädige Frau. (bei Seite) Wie sie mir die Hand gedruckt hat.

Majorin.
Gott grüße dich mein Töchterchen.

Mariechen.
Seyn Sie willkommen gnädige Frau.

Majorin.
Wo ist eure Frau mein Freund? — Oder seyd ihr ein Wittwer?

Michel.
Nein, meine Frau lebt noch.

Majorin.

Eure älteste Tochter läßt euch grüßen.

Michel.

So? Ich danke. Wo ist sie denn jetzt? Wie gehts ihr?

Majorin.

Sie ist bei unserm Regimente; es geht ihr wohl, und sie ist glücklich verheyrathet. Wenn ihr noch etwas fehlt, so ist es eure Liebe, die sie wieder zu erhalten wünscht.

Michel.

Die möchte sie wohl nicht wieder erhalten. Warum hat sie mir nicht gefolget, und hat sich wider meinem Willen verplempert.

Majorin.

Sie hat gefehlt, mein Freund, das ist nicht zu leugnen. Aber ein Fehler den uns die Liebe begehen heißt, ist immer noch der Verzeihung würdig.

Marie=

Mariechen.

Ja, da haben Sie recht, gnädige Frau — Wir haben es dem Vater auch schon gesagt, aber uns hört er nicht.

Majorin.

Verleugnet die Stimme eures Gefühls nicht, mein lieber Vater. Ich sehe es euch an, daß euer Herz für sie spricht. Erfüllet die Bitte eurer Freundin, und die Wünsche eurer Tochter.

Michel.

Je aber warum nahm sie den Wachtmeister. —

Major (zu der Majorin.)

Er scheint gerührt.

Majorin.

Nun? — darf ich hoffen, meiner Freundin eure Versöhnung zu überschreiben?

Michel.

Hören Sie nur, gnädige Frau, Sie dürfen mirs aber nicht ungnädig nehmen, ich denke immer, ich denke, Sie haben auch so ein Histörchen gespielt.

Mariechen.
Pfuy Vater wie ihr redt.

Major.
Je Vater Michel ihr habt recht. Wir haben eben den Fehler begangen. — Aber unser Vater hat uns vergeben. — Und ich dächte ihr folgtet seinem Beyspiele.

Mariechen.
Wahrhaftig, lieber Vater, das müßt ihr thun.

Peter.
O laßt euch doch erbitten, lieber Michel.

Majorin.
Versagt euch nicht das Vergnügen, das ihr fühlen müßt, wenn ihr ein Kind, das euer Liebling war, wieder in eure Arme schlie-
ßen

Der Wiederkauf.

ſen könnt, und das in Zukunft der Troſt euers Alters werden wird.

Michel.

Hm! — Ich glaube, Sie wären ſchon im Stande mich umzuwenden, gnädige Frau, ſo ſüße reden Sie.

Majorin.

O möchte mir doch der Himmel meine Thränen abtrocknen.

Major.

Es ſcheint als ob euch meine Frau gefiele? — Werdet ihr alſo ihr ihre Bitte abſchlagen?

Majorin.

Ihr ſeyd ein viel zu gut denkender Mann.

Mariechen.

Ja gewiß Vater, ihr müßt euch erbitten laſſen.

Michel.

Je, ſo ſchweig!

Peter.

Ihr könnt es der gnädigen Frau ohnmöglich abschlagen.

Michel.

Je, so rede!

Major.

Laßt uns nicht vergebens hoffen, lieber Michel.

Dreyzehnter Auftritt.

Käthe. Vorigen.

Käthe (weinend.)

Was fangen wir nun an, Vater! — Sie kommen, und wollen dich aus dem Gute werfen.

Michel. (ängstlich.)

Wie mich? — Ach wo geh ich hin —: Wo versteck ich mich?

(läuft hin und her.)

Marie=

Der Wiederkauf.

Mariechen.

Ach mein armer Vater! -- Herr Major -- ſtehen Sie uns bey.

Michel.

Ach! was fang ich an?

Major.

Ruhig ihr Leute. (Er ſagt dem Quartiermeiſter etwas ins Ohr, der abgeht. Zu Striegeln) Hier iſt ein Brief. (Er giebt ihn denſelben.) Leßt ihn laut, daß wirs alle hören.

Striegel (lieſt.)

Lieber Herr Verwalter! Ueberbringer dieſes, iſt der Hochwohlgebohrne Herr Herr Anton Maximilian Lichtenberg, wohlbeſtallter Major bey dem Königlichen Leib Huſaren Regiment, und nunmehriger Erb Lehn und Gerichtsherr auf Reichholz und Zubehör den er von der Erbrechung ſeines Briefes

als

als seinen gnädigen gebietenden Herrn anzusehen hat.

Michel (zu Käthe.)
Lichtenberg, Mutter, hörst du es?

Käthe (zu Michel.)
O wenn er es doch wäre!

Mariechen (zu Peter.)
Ach meiner Christel ihr Mann!

Peter (zu Mariechen.)
O du träumst!

Striegel.
O gnädiger Hochgebietender Herr — Erlauben Ihro Gnaden, daß ich mich zu Dero Füßen werfe, und um Gerechtigkeit wieder den Richter Michel —

Major.
Leßt weiter. —

Striegel (bei Seite.)
Ihr! — das hat mir noch kein Herr gethan. (liest.) Ich würde selbst hinaus gekom-

kommen seyn, Euch Ihro Gnaden vorstellig zu machen, wenn mich nicht das leidige Podagra daran verhinderte. Zugleich eröffne ich ihm das Geheimniß wegen des aufgehabten Vorschußes. Besagten Herrn Majors Gemahlin ist die Person, auf deren hohen Befehl er dem Richter Michel — Michel — (er fängt an zu stottern und will davon gehen.)

Major.

Wohin?

Striegel.

Erlauben Sie gnädiger Herr, ich habe einen Anfall —

Major.

Von einer neuen Betrügerey, — Nicht wahr? — Les' er weiter, und dann gesteh' er uns seine Verbrechen. Dies ist das einzige Mittel, das ihn von Galgen retten kann. (nach einer kleinen Pause.) Nun?

Strie

Striegel

(wischt sich das Gesicht.)

Michel (bei Seite.) O ich möchte rasend werden! — (laut) Michel — so viel Geld vorgeschossen hat, als derselbe — benöthigt — gewesen. —

Michel.

Wie — gnädige Frau.

Major.

Weiter —

Striegel.

Und er wird dem besagten Herrn Major die Rechnung vorzulegen und seine übrigen Befehle zu erwarten haben. — (bei Seite.) O nun bin ich verloren. (laut.) Im übrigen —

Major.

Wie viel ist ihm also dieser ehrliche Mann schuldig?

Striegel.

Vorerst Ihro Gnaden habe ich ihm auf
die

Der Wiederkauf.

die Jahre 58. 59. 60. tausend Thaler vorgeschossen worüber ich den Wiederkauf habe. Hernachmals 61. 62. und 63. noch achthundert Thaler.

Major.
Wo ist der Wiederkauf?
Striegel.
Hier, Ihro Gnaden.
Major.
Und zu was dieser Wiederkauf? — Er hatte ja Befehl es dem Mann als einen Vorschuß zu geben? Worzu war diese Betrügerey nöthig?
Striegel.
Ich wollte nur mich —
Major.
Auf alle Fälle bereichern — Wir kennen eure Betrügerey. — Wachtmeister! — (der Wachtmeister mit drey Husaren.) Hier arretirt diesen Bösewicht.
(sie führen ihn fort.)
Marie

Mariechen (ihm nachrufend.)

Denk er hübsch daran, was ich ihm gesagt habe. Weder das Mädchen noch das Geld!

Michel.

Ach gnädiger Herr, wie will ich meine Schuld bezahlen. —

Major.

Macht euch darüber keine Sorge. — Wüßt das meine Frau

Majorinn (sie wirft die Kappe weg.)

Eure Tochter ist, lieber Vater. — (sie umarmt ihn.)

Michel.

Wie — was — meine Tochter

Käthe.

O mein Kind! (fällt ihr am den Hals, und hängt fest an ihr.) Ja du bist es!

Mariechen.

O meine Schwester!

Majorinn.

Ja, ich bin es, ich bin eure Tochter, ich bin deine Schwester.

Major.

Ja meine Kinder, sie ist es die aus reger Dankbarkeit ihrem Vater die Noth des Krieges erleichtern wollte, und die dieser Betrüger euch noch schwerer machte, und die er zu seinem Vortheil anzuwenden dachte.

Käthe (weinend.)

Ich weiß für --- Freuden nicht --- was ich anfangen soll ---

Michel.

Ja Mutter, was ich dir für ein Ochse gewesen bin. --- Aber der verfluchte Brandewein --- und der Verwalter. --- Aber nun will ich auch nicht ein Glas ansehen ---

Mariechen.

Ach mein goldenes Schwesterchen, darf ich

ich dich auch noch du heißen, da du eine so vornehme Frau geworden bist.

Majorinn.

Du darfst, du mußt es thun. Ich weiß von keinem Stolze, als daß ich die Tochter redlicher Leute, die Schwester eines edeldenkenden Mädchens und die Frau eines so würdigen Mannes bin.

Major.

Peter, du wirst also wohl nunmehro die Ehre Richter des Dorfs zu seyn dem Soldatenstand vorziehen --- du bist also frey.

Michel.

Und mein Schwiegersohn. Top!

Peter.

O ihr goldner Michel!

Mariechen.

O ihr allerliebster Vater!

Käthe.

Ach meine Tochter, wie glücklich machst du uns! --- O wenn wir dich nur nicht ---

Majorinn.

Laßt es gut seyn Mutter. Wir wollen unsere Freude durch keine traurigen Vorstellungen niederschlagen.

Michel.

Das Weib hat wahrhaftig recht. — Ja Herr Sohn wir wollen auch heute recht lustig seyn, und den Tag als einen Gedächtniß Tag feyern.

Schluß-Chor.

Ewig sey der Tag beglückt;
Ewig blühend, wie im Lenzen
Junge Blumen lieblich glänzen
Jung und alt durch ihn entzückt.

Major.
Er gab warmer Tugend-Lohn,

Majorinn. Käthe.
Er versöhnte, Aeltern, Kinder:

Michel.

Der Wiederkauf.

Michel.
Sprach dem frechen Laster Hohn,
Und bestraft es auch nicht minder.

Peter. Mariechen.
Und beglückte sonder Scherz,
Unser Lieberfülltes Herz.

D. C.